바람의 암호

시와소금 시인선 · 134

바람의 암호

송경애 시집

시와소금

▌ 송경애

• **약력**
  • 2003년 『문학예술』 여름호 시 등단
  • 시집 『세상에서 가장 아름다운 말』(2012, 지혜)
  • 성심여대(현, 가톨릭대학교) 음악과(작곡) 졸업
  • 강원대학교 교육대학원(음악교육) 졸업
  • 유봉여자중학교(1972.3-1974.2) 재직
  • 유봉여자고등학교(1974.3-2007.8) 재직
  • 춘천여성문학인회 회장, 삼악시 동인회장 역임
  • 한국시인협회회원, 강원문인회, 강원여성문인회,
    춘천문학인회 이사

• **수상**
  • 제40회 이효석 백일장 산문 최우수상 수상
  • 제9회 강원여성문학상 우수상 수상
  • 제13회 춘천문학상 수상
  • 제14회 춘천여성문학상 수상

  • 전자주소 : babala-ska@hanmail.net

나는 늘 '시' 앞에서 절망한다
그러나 버릴 수 없는 이 절망
절망, 그 시 앞에서 작아지고 작아져 그저 감사할 뿐
'시'는 내 영혼의 길 안내자이고
내가 살아가는 힘과 정서의 숲이기 때문이다
나는 감사의 숲에서
은사시나무 잎이 되고
빨갛게 영그는 산딸나무 열매가 되는 꿈을 꾸며
'시'의 그림을 그리고 싶다
칡넝쿨 같은 끈기로.

| 차례 |

| 시인의 말 |

제1부 동태 손

제5부 옹달샘 랩소디

까치밥 환생

하얀 눈발 같은 날개로
내 베란다에 찾아온 작은 새 한 마리
떫은 생, 벗겨내듯 곱게 깎아 내놓은 곶감 몇 톨
주린 배 채우려는 듯 빠르게 쪼아댄다
저 작은 날개, 이 겨울
긴긴 터널을 어떻게 건너갈까

문득 내 어머니가 나를 업고 긴긴 이 세상
좁은 터널을 어떻게 건너왔을까
어머니 혼의 흰 날개 같은 저 창밖의 작은 새
붉은 감 알 같은 피톨이 목구멍을 치민다
어머니의 환생, 저 새의 붉은 부리
나를 일으켜 세운다

환한 대낮이 붉은 감 알로 둥둥 떠간다

연어의 먼 물길

어머니를 호수병원 5병동으로 옮기고 온 날
TV에서 연어들이 피 흘리며 모강母江으로 모여든다
비늘 살점이 뚝뚝 떨어져 나간다
수만 리 먼~ 먼~ 물길
기적처럼 돌아와 수십만 개의 생명을 쏟아 놓고
그 눈 못 뜬 생명들…
제 핏줄 하나 살리려 하나뿐인 제 몸 던진다
성한 곳 없이 헤어진 몸뚱이들
떼지어 속이 텅 빈 배를 하얗게 뒤집으며 제 한 몸 보시한다
감을 수 없는 연어의 핏발 선 눈, 눈들
생의 끈을 아가미에 눙친 눈들이 쏟아내는
붉은 레이저가 내 심장에 꽂힌다
핏발 선 눈동자들의 깊은 곳에서 한 줄 섬광
낯익은 내 어머니의 눈길이 나를 휘감는다
나는 한 개의 하얀 고치가 되는 중이다

해마hippocampus에 대한 고소告訴 고소苦笑

어머니가 나를 보고 엄마라 한다
내 눈에 그 어느 천재보다 더 천재였던 어머니가

누구의 짓일까

나는 고소苦笑 중이다

나는 고소告訴 준비 중이다

가위

반짇고리가 어머니처럼 누워 있다
그 속에 이 빠진 가위 하나
바람의 숨결만큼 가벼워지던 몸
어머니의 유언처럼
그 가위 오늘 녹슨 입을 연다

아침마다 배달되는 활자 속에서
'예쁜 말 바른 말'을 오리려니
가위가 신문지를 꾹~씹는다
벼락 맞은 듯 조각난 생각의 글자들을 껴 맞추고
신문지처럼 가벼웠던 어머니를 뉘이듯
가만히 가위를 내려놓는다
어머니 누워 계신 정족리 서산을 바라보며
이 빠진 가위 같은 입술로 어머니를 불러본다

청상이 되어 세상의 바늘 끝에 찔리며
삯바느질로 키워 낸 딸자식 하나
구천을 떠도는 어머니의 구부러진 손가락 마디마디가

가위 위에서 쩡쩡 얼어붙던 소리
어머니, 당신의 손가위가 자근자근 말씀하신다
흙탕물 같은 세상에 떨구고 가신
핏줄 하나
'너는 나처럼 살지 말라'고 바람의 목소리가 가슴을 훑는다

숨바꼭질

어머니 가시기 몇 해 전, 치매를 앓고 있는 어머니 앞에서
"엄마, 같이 죽자"했던 내 짐승 같은 울부짖음에
어머니, 해맑게 웃으시며
"내가 왜 죽니? 너나 나가 죽어라!" 하시던 그 목소리
아기처럼 웃던 그 목소리 아득히 들을 길 없네

내 밥숟가락 주머니에 넣으시고
아끼고 아끼시던 새 털신 방안에 가지런히 모셔 놓고
어디에 숨으셨을까! 어디로 가셨을까!

까마득한 유년 시절
간서치인 양 읽고 또 읽었던
『엄마 찾아 삼만 리』 그 아이처럼
지구 반 바퀴 돌면 내 어머니 찾을 수 있을까

아니야,
어느 해 긴 여름날처럼
비슷비슷해서 구별하기 어려운

미니버스를 잘못 타신 것일 거야

흰 영혼이 담긴 따뜻한 신발 한 켤레
살아 숨 쉬는 듯 가지런히 안방에 누워 계시는데

아랫목

살 에이던 겨울마다
불 데인 듯 화들짝 튀어 오르던 말
아랫목
손발 품어 주신 어머니의 가슴처럼 따숩던 아랫목

그 아랫목에 깔려 있던 구멍 난 군인 담요 한 장
뼈만 남은 담요 속 따끈따끈하던 밥주발 두어 개
발가락 동상 문풍지 소리와 함께 기억의 뒷길로 사라진
어머니의 품, 아랫목

전기밥솥에 밀려난 밥주발의 아랫목이
문풍지 우는 소리로 어머니의 근심처럼 깊어가던 겨울
그 울음소리 무서워 밤새 파고들었던 어머니 가슴
야위어 가던 어머니의 좁은 어깨 위로
그 아랫목 간 곳 없고

한겨울에도 민소매를 입고
어머니의 그 먼 시간 뒤에 서서

나는 빙산이 된 듯 하얗게 부서져 내리고 있다

봄인가 싶으면
금세 되돌아 와 산처럼 웅크리고 앉아 있던
레퀴엠 같은 긴긴 겨울 속 그 뒤에
어머니의 산그늘 같은 그림자 어른거린다

가을 꽃상여

그때
울긋불긋 종이꽃으로 치장한 꽃상여가
바람처럼 비틀거리며 신작로로 나갔다
선소리꾼의 선창에 후창하는 상여꾼들의 소리가
흙먼지 바람을 일으키던 가을
그 가을,
노란 산국이 할머니 어지럼증처럼 상여를 향해
손을 노랗게 흔들었다

할머니 꽃상여는 흙먼지 나는 길에서 비틀거렸다
지폐 한 장 삼키고 뒷걸음질 치고
지폐 두 장 삼키고 한 발짝 나가고
평생 길 떠나지 못했던 할머니의 노오란 멀미처럼
춤추듯 출렁이는 꽃상여는
할머니 마지막 가시는 길마저 흔들리게 했다

할머니의 넋은 얼마나 어지러우셨을까
어린 나는 울고 또 울었다

할머니는
꽃상여 속에서 그렇게 꽃가을 바람 속으로 가셨다
쑥부쟁이처럼 피어나는 속적삼 할머니
그 하얀 얼굴이 갈꽃처럼 피어오르는
노란 산국 지천으로 피어나는 가을이면
할머니 꽃상여가 흔들리던
좁은 신작로,

그 신작로가 그립다.

개울가 돌무덤

뒷집 할머니의 구부린 등 같은 언덕
그 언덕을 덮는 말 없는 고마리꽃
고만고만하게 핀 듯 안 핀 듯 점으로 이어지는 고마리꽃
고마리꽃 가시덩굴 길로 개미들 들락거리는 돌무덤 하나 있다

어느 여름날 간장 종지만 한 마을이 발칵 뒤집혔다
하늘이 무너져 내리는 소리,
6.25가 남긴 이름 모를 폭탄이 터지던 날
뒷집 할머니 외동아들 그 폭탄에 묻혀 갔다
하늘은 온통 핏빛으로 물들었고
살점들은 비명으로 산골마을 뒤흔들었다
우박처럼 쏟아져 내리던 뼈 조각들
미친 듯 치마폭에 주워 담던 노모는
자갈밭에 쓰러져 피 토하는 강시가 되었다

밤이면 웅~웅~
개울가에서 운다는 그 돌무덤

돌바람 되어, 뭉게구름 되어, 별이 되어,
지금도 외동아들 돌무덤 가에서 서성이는 할머니
탄피 조각 같은 뒷집 할머니
개울물 소리 아직도 오열로 흐르는데
돌무덤 속에서 흐르는데
총소리 없는 이 전쟁 돌무덤 속에서
밤마다 윙윙 내 귓전을 때리고 간다

그릇 속에서

오랜 잠에 든 그릇장
납골당 같은 그릇 수납장 문을 여니
어머니 냄새가 훅 코끝을 스친다

내 키를 키우고
신발 문수를 늘렸던 어머니의 그릇들
갖은 정성 담겼던 그릇들, 텅 빈 가슴으로
어머니의 묵언 기도처럼 누워 있다
어머니의 냄새가 내 온몸의 세포를 불러 세운다
우렁각시처럼 차려 놓으시던 밥상,
식을세라 아랫목에 무명수건 감아 덥히시던 밥,
그 어머니 손길 이제 아득하다

어머니 숟가락 놓으시던 날
마지막 눈 감으시던 날
그 그릇 천상으로 함께 떠나신 줄 알았는데
오늘 여기 빈 수납장 속에 혼신처럼 누워
둥그렇게 눈 뜨고 나를 쳐다보시네

냄새도 빛깔도 없는 냉수를 마시듯
나는 벌컥벌컥 어머니를 들이마시네

동태 손

바람 드나드는 겨울 좌판에서
신들린 듯 동태전을 뜨는 손이 있다
언 동태처럼 손가락 마디마디가 구부러져 있다
비린내 절은 통바지 주머니에 매달린 올망졸망한 눈망울들
눈망울들의 허기가 더 아픈 어머니
어머니의 갈퀴손이 바쁘게 움직인다

하루를 접고 일어설 즈음이면
허리처럼 휘어진 노을이 앞서간다
온종일 툇마루에 와 놀던 햇살도 그림자를 숨기고
칭얼대던 어린 것들은 배가 고픈 듯
졸린 눈 반쯤 감은 채 툭툭 창문을 건드려 본다

먼 바다로 나간 지아비는 감감소식이 없고
하루의 해그림자를 안고 돌아오는 어머니의 발걸음엔
아이들의 칭얼대는 소리가 달빛처럼 걸려 흔들린다

살의 내력

피난길 마른 젖 물리던 살
허기로 강낭콩 삶던 살
잿더미 속에서 감자 삶아 하얗게 분가루 내던 살
부엌 문설주에 손때 까맣게 묻히며
반백 년 하늘을 기다리던 청상靑孀의 살
마술사의 손보다 더 마술사처럼 끼니를 살려내던 푸른 살
핏덩이 하나 살찌워낸 입 닫고 귀 막은 아리고 아린 살
그 살, 그 살이 물갈퀴가 되었네

먼 산속 언덕배기 요양병원
어제 불던 무심한 산바람 결에
그제 불던 지나가는 강바람 결에
깃발처럼 뜨겁던 어머니의 살,
한겨울 빨랫줄에 꽁꽁 얼어붙은 광목처럼 굳어가네

문득 돌아보니
내 몸속에서 어머니가 거미처럼 웅크리고 있네

귀 묻는埋 하늘길

어머니 가시는 길
하늘에 닿는 푸른 길
얼음 빙벽 푸른 하늘에 날개 단 푸른 종소리가
별꽃 잎, 눈꽃 잎으로 환하게 길을 여네

90평생 홀로 걸어오신 코고무신
통곡의 강물 접으시듯
하르르 하르르 꽃 날개 미소 달고
천상에 오르시네
종소리 싣고 하늘 궁에 새집을 지으시네

우러러 우러러
발붙인 땅의 죄인
나는 검은 옷 입은 까마귀 되어
세상 한복판에 둥둥 홀로 떠도는 섬이 되어
어머니 가시는 길에 눈물 꽃 뿌리네
검은 소지 한 장 올리네

돌

강가에서 돌을 줍는 저 노인
어머니의 환생인가
돌 무덤가에 구부린 등허리
안개꽃처럼 흔들린다
초가을 햇살은 눈가루처럼 내리고
강가에서 누름돌 찾던 내 어머니
어머니 무명 치맛자락은
봄날 아지랑이 같이 아른거리는데
노을은 저무는 강가 저 돌밭 머리로 숨어들고
채석강 같은 구름 속으로 사라진 어머니
어머니의 손을 떠난 작은 돌 하나
세상 끝, 그 먼 끝에 서서
바람이 된 돌의 길을 찾고 있다

제 **2** 부

새벽의 소리

따뜻한 선물

내 귀빠진 날
먼 길 달려 온 딸아이네 식구 셋
딸아이 닮은 손주가 봉투를 건네어 준다

삐뚤빼뚤 꼭꼭 눌러 쓴
크고 작은 조약돌 같은 글자들
'내 엄마 낳아 줘서 고마워요'
코로나19로 굳게 닫힌 문, 문들 닫힌
학교 철문 위로
아이의 키가 훌쩍 자라고 있다

장3도 상행하고 싶은 순간

두루마기 자락 펄럭이며 가는 선비
선비의 갓 같은 향과 선율을 모셔 놓고
눈 지그시 감고 싶은 순간
슈만의 완전 4도 도약을 한 그 마음을 엿보며
단2도 까치발 돋움질하는 순간
얼떨떨~ 함을 이 빠진 사기 주발에 쏟아붓고
눈 뜨는 하늘을 뒤덮는 검은 뉴스를
형태도 없이 녹이고 싶은
장3도 뛰는 상행이면 세상 근심 다 뒤로 할
이 선물을 햇살에게도 도둑맞지 않고 싶은
밤새 하얀 눈이 덮은 고요한 새벽의 품
아직 아무도 지나지 않은 눈길로 나가야겠다

소나기

노부부 길을 건너신다
차도를 가로지르시는 저 노인, 휘이휘이 모시 소매 눈부시다
당당하게 앞선 선비 같은 영감님 뒤를
자그마한 할머니가 바싹 뒤따르신다

달려오던 자동차들 녹색신호 앞에서 얼음이 된다
길 가던 사람들 모두 정지 화면이다
숨죽이고 유난히 뜨겁게 달아오른 햇살을 그대로 맞는다
누구 한 사람 경적을 울리지 않고
어느 누구도 고함을 치지 않은 숨 멎은 몇 분

그 광경 꽃보다 아름답다
침묵, 기다림의 동행
두 노인이 인도로 오르자 정지 화면이 다시 돌아간다
무더운 여름 한나절 춘천 중앙로의 소나기 같은 풍경
순간 정지 화면이 아지랑이처럼 피어오른다

작은 새에게 묻다

휴지통에서 발견된 탯줄 갓 끊긴
할딱할딱 숨 몰아쉬는 주름투성이 갓난아기
그 아기 모자이크 처리되어
뉴스에서 나오던 날
어느 다큐 프로
끝없는 자갈밭 풀포기 곁에서
아이 주먹만 한 조그마한 한 마리 새
사탕알만 한 두 개의 알을 조심조심 두 발 사이에 품는다
아주 조그만 새가 알을 품은 것에는 관심도 없는 비,
그 장대 같은 비가 억수로 자갈밭 위로 쏟아진다
이름 모를 저 돌멩이만 한 작은 새
알을 꼬옥 품고 동상처럼 꼼짝도 않고
쏟아지는 비를 그냥 다 맞고 있다
무안도 하련만 그칠 줄 모르는 비
시위대 위로 쏟아지는 물대포 같은 비
빗물이 순식간에 가슴까지 차올라도
정지된 영상처럼 알을 지키는 저 아기 주먹만 한 작은 어미 새
저 어미 새, 갓난아기 버린 어미, 어미 새,

작은 어미 새야
너는 어느 가문에서 왔기에
어느 명문에서 배웠기에
이리도 나를 부끄럽게 하는가
고개를 못 들게 하는가

노란 펭귄

나 오늘 너의 마리오네트가 되어도 좋겠다
그곳이
소양강 다리 위에서라면 더 좋겠다
네 마음의 길을 함께 걷고 싶은, 그러나
그러나 그럴 수 없는 내 마음
소양강에 훌훌 흘려보내고
나, 노오란 펭귄으로 낯설게 더 낯설게 서 있어 주겠다
오래된 다리 그 위태로운 난간 위에서
작은 동상이 되어도 좋으리
지나는 사람들이 나를 보고 웃으면 더 좋으리
펭귄이 노란들 어떠하리
내 머리와 사지를 가는 줄로 나뭇가지에 묶고
마냥 웃으며 춤을 추면 어떠리
또 노래를 부른들 어떠하리
너무나 오래오래 움직여 이제는
아픔을 시그널로 보내는 내 뼈마디들
그들을 쉬게 하리
따뜻하게 감싸 주리

어쩌다 걸려오는 전화기 건너 손자의 푸른 땀내 나는 목소리로
잠간은 치유가 되리라
노란 펭귄이라니?
노란 펭귄이면 어떠리!

천사의 눈 속에 사시는 하느님

십자가가 별자리보다 많다는 신림동에서 온 편지
촬영 감독 강익근 씨는 그 십자가 숲에서
단 한 번도 십자가를 못 보았단다
늦장가에 얻은 아들 목말 태우고
동네 야경을 보는데
'아빠 난 우리 동네가 너무 좋아'
'왜?'
'하느님이 너무너무 많아서 우리를 축복해 주잖아'

아기 눈에 보이는 붉은 십자가
52년 산 곳에서 아비의 눈에서는 멀어졌던 십자가
어둠 속에서 그의 얼굴은 붉은 십자가처럼 붉어지는데

네 살짜리 꽃잎 같은 아기 입에서 피어난
꽃 같은 천사의 말, 천사의 눈
신림동 숲속에는 아기천사가 살고 있다

TV 켜면 온통 피 흘리는 세상

뭉크의 절규 같이 오그라드는 세상 한복판에서
아기 천사의 말을 따라 해본다
'하느님이 너무 많아서 좋다'
세 집 건너 십자가 하나씩 세워진 우리나라
반짝반짝 빛나는 십자가 하느님 나라에서
나는 오늘 길게 다리 펴고 누워도 좋을까?

내 사랑, 쇼스타코비치

지금은 삼월
본처의 시앗 시샘도 이 봄날 같지는 못하리라
막 고개 내민 꽃잎 위에 쌓인 저 잔인한 흰 눈의 시간
나는 지금 그대가 그립다

깊숙이 눌러놨던 깃털 옷 다시 꺼내며
나는 그대 불협화음의 전율에 소스라친다
어둡고 추운 날들 길고 긴 동토의 땅
그 땅에서 제니트로 위로받던 심지 굳은 그대
작두날 위에 선 선무당 같은 봄날
강가의 내 작은 방에 가득 가득
그대의 깊은 고뇌 파도치며 부서지고
숨죽이고 울음 넘기며
터질 듯한 심장의 춤사위인 듯
현鉉들의 마찰 거센 폭풍으로 날을 세운다

지금 시베리아로 추방을 당하더라도
이 한순간만이라도

쇼스타코비치,

나는 그대의 연인이고 싶다

다윈코개구리

오늘 티브이에서 본
개복숭아만 한 조그만 개구리,
다윈이 발견했다는 개구리,
아르헨티나와 칠레에서만 서식한다는 개구리,
그 수가 적어 보기 힘들다는 개구리
비 내리던 우르밤바 계곡 풀섶에서도 못 만났던 개구리
그래 귀하신 몸, 널 못 만났어도 그건 괜찮아

다만
암컷이 낳아 놓은 알,
그 알을 수컷
네 울음주머니에 소중하게 담고 품어
부화시키고 길러 준다는 다윈코개구리
그 부성이 신기한 이야기지
그 정성이 부러운 이야기지
이 땅의 남자들 널 닮을 수만 있다면
아기 발소리 뚝 끊어진 구석구석
아기 울음

희망의 그 소리
그 힘의 희망, 아기들 웃는 소리 가득 찰 텐데

빨랫줄

손바닥만 한 마당을 가로질렀던 빨랫줄
내 양말 두 짝이 팔랑거렸던
꽃무늬 원피스가 하늘을 날다 그림이 되었던
그 빨랫줄에 기억의 창을 얼기설기 얽는다

손가락 끝 마디마디 구부러진 내 어머니의 매운 손끝에서
빡빡 비벼지며 깨끗하게 빨리고 싶은 오늘
내 고향 화천, 마당 작은 집으로 돌아가
뜰 한가운데서 바람 가르며 노래 부르던 빨랫줄
팽팽한 빨랫줄에 널려 펄럭이며 나도 노래하고 싶다
뽀송뽀송 뽀얗게 펄럭이며 구름다리 날리며 노래하는
포플린 꽃무늬 원피스이고 싶다
마음속 깊이 상처 난 옹이들
퍼내고 비워냈던 항아리들
등 돌린 칼의 시퍼런 서슬을 쳐들고
저 깊고 높은 빨랫줄에서
세상의 때 절은 기억의 창 훌훌 털어내고 싶다

마음의 날개 굴뚝나비처럼 날아오르는 오늘
내 어머니 매운 손끝 하얀 빨래이고 싶다

뱁새가 사는 법

오른쪽 귀 안테나는 라디오 쪽
왼쪽 귀 귓불은 휴대폰 쪽
오른쪽 눈은 신문 위에
왼쪽 눈 레이더는 티브이로
문 열린 네트워크로 달려 들어와 쏟아지는 사건들
빛의 속도로 쏟아지는
사람들 날숨의 속도에 밀려드는 이야기들

나는 분해되어 작아지고
뒤로 떠밀리는 중
밀리고 밀려가며
대지의 신음 같은 혼돈 속에서
콘트라베이스의 가장 굵은 선의 낮은 음으로
슈만의 트로메라이를 게으르게 듣고 싶은 아침

나를 내려다보며
산국 차향으로 위로받고 싶은 시간

나의 시

소양강 가는 길목에 '풀내음'이란 식당이 있다
외갓집 대문 같은 정겨운 그 식당 나무문을 밀고 들어서면
허기처럼 밀려드는 냄새
풀 냄새가 아니라 감자전 냄새다

그 집의 일미는 가늘고 길게 채 썰어 지져내는 감자전이다
서로서로 꼭 껴안고 잠든 뱅어포 같은 감자전
정적에 든 선禪의 율律같은 고요

내 시에도 감자채전 같은 묵상의 고요에 들 수 있는
그런 고요, 한 줄 얻어낼 수 있다면

도道로 가는 길 찾듯
오늘도 나는
풀냄새 풀풀 나는 경經 한 줄 얻으려 시린 발 옮긴다

재炭의 수요일

"너희는 흙에서 왔으니
흙으로 돌아갈 것을 기억하라"
하늘의 언어로 이어지는 짧고도 긴 기도문
사제가 영원인 듯, 한순간 내 이마 위에 새겨준 십자가,
재의 십자가
생과 사 그 경계에서의 만남
이마 위 십자가에서 허공으로 흩날리는 재
눈 앞에서 부유하는 저 가벼운 죽음의 입자들
침묵의 알갱이들
새털보다 더 가벼운 저 자유의 죽음들
그 먼지에 붙어 있는
내일을 모르고 내일로 만 향하는 목숨들

나,
세상을 향해 달리던 레이더 잠시 멈추고
욕망의 긴긴 더듬이에 족쇄를 채워야겠네

새벽의 소리

누가 마당을 쓰네

누가 시를 쓰네

누가 아침을 쓰네

누가 세상을 쓰네

누가 내 마음속 유리창을 두드리네

아침의 푸른 비질 소리 푸른 샘, 그 샘물 길어 올리는 소리
내 몸의 세포 은사시나무잎으로 흔드네
흔들어 깨우는 비질하는 아침
이른 아침 아파트 마당을 쓰는 비질 소리
그 눈부신 노래가 봄내春川 날개를 털고 일어나네

제 3 부

나비 알약

오른쪽 귀가 가렵다

누가 이 봄날 내 이야길 하나 보다
아니 흉을 보나 보다

흉이라도 보며 내 생각을 해 준다니
아직은 내 피가 뜨거운가 보다

바깥보다 더 한기로 가득 찬
이 방 밖으로 나가야 할까 보다

저 봄 시샘에도 부끄러운 몸속
저 깊은 곳을 열어 보이는 봄꽃들처럼

나도 시의 꽃을 드러내 보이려
문 박차고 나가야 할까 보다

꽃비

꽃비 내린다

유리창 두드리는 바람의 손
그 손끝 꽃비 속에서 긴 그림자 하나
내 식탁 등을 감고 휘청한다

잔기침을 흔들며 가는 꽃비
창문 두드리며 꽃비가 하늘을 난다
하르르 하르르 꽃잎 지는 소리
긴 그림자가 유리잔에 내려앉는다

활 같은 귀 하나 열어 놓은
열 길 물속 같은 맑은 잔
고깔모자처럼 꽃비 내린다

허공 같은 내가 내린다

콧등 찡한 날
— 코로나 의료진들을 보며

코도
다리도
주먹도 없는
말도 못 하는
보이지도 않는 너
네 이름만으로
지구촌이
펄쩍펄쩍 떠들썩
너 때문에 자꾸자꾸 움츠러드는 사람들
너 코로나로
콧날 시큰
콧등이 찡 콧물이
눈물보다 먼저 마중 나온 날

반창고로 도배가 된 그대들의 얼굴이
언론의 창에 클로즈업된 날

택배가 왔습니다

벨을 울리며
택배가 왔습니다

우편함에는 고지서, 광고지뿐 부고와 청첩마저 SNS로 옵니다
추석 2주 전에 온 작으나 묵직한 상자
도라지청입니다
보낸 이 이름도 주소도 없이 온 망부석이 된 택배
추석날 아침에서야 톡으로 온 문자
"10년이면 강산이 변한다 하였거늘(…)// 어머니
저희 세 식구 (…)// 늘 열심히/살겠습니다(…)."
오직 밥 배불리 먹으려고 목숨 걸고 이 땅에 와
중국에 꽁꽁 숨겼던 남편과 딸아이 어렵게,
어렵게 입국시켜 뿌리를 내리고 있는 새터민 딸아이가 보낸 택배
보름 동안 현관에서 숨죽였던 주소 없는 택배의 이야기입니다

택배가 왔습니다
벨을 울리며

DMZ, 그 쉼표

그것은 긴장이다
쉼표다
음표를 하나하나 세워
사상의 빛을 휘몰아 꽃피우려는 준비다

DMZ
이제 그만 가슴을 펴라
숱한 배온음표들,
그 값을 다 했으니
침묵의 땅에 길을 내려무나
60여 년 목 놓아 우는 가슴 찢긴 사람들
마침내 쉼표여!
일어나 깃발을 들어라

자유의 깃발을

세월교洗越橋 이야기

나는 시한부
2019년 지구를 떠나야 할 조그만 하천 공작물 콘크리트 다리

Ⅰ
전설이 되어가는 세월교, 내 이야기
여름마다 가마솥더위 피해 몰려왔던 사람들
딸랑딸랑 압력밥솥 추 춤추던 소리
번개탄 위에서 삼겹살 익어가던 연기에 철들고
사내들 내 옆구리에서 빙어를 낚고 곤들매기를 낚아 올리고
계곡을 뒤흔들어 놓던 환호성 지금도 귓불에 달려있는데

Ⅱ
개미 떼처럼 밀려와 물구경하던 구름 같던 사람들
그들의 눈앞에서 수천수만 개의 팀파니들의 포효처럼
계곡을 뒤흔들었던 물의 노래, 그 성스런 합창
그 소리 물안개로 피어오르던 소양댐 수문 열던 날들
그 기억들 꼭꼭 여며 품으리
무지개가 연주했던 탄성즉흥곡 여음도 함께

Ⅲ

소양댐 수문들은 그 문을 여는 일 잊은 지 오래

세월교, 나는 세월洗越을 잊은 지 오래

내 이름은 세월교洗越橋, 콧구멍다리

그러나

내 이름은 흄 파이프, 누구 한 사람 불러 준 일 없는

나도 처음으로 하는 말

불리기 전 잊힐 이름

내 이름은 흄 파이프 hume pipe

나비 알약

처방약 알갱이들이
밀폐된 비닐 칸칸에 하얗게 웅크리고 있다
나비가 슬어놓은 것 같은 노란 알약들

내 후두에서 깊어진 겨울
늑대 울음같이 깊은 겨울이
부루펜정 200mg, 키옥신캅셀 500mg을 삼킨다

문득
노란 나비 이름이 날아든다
남의 이름이었던 나비
내 어깨 위에 내려앉는다

내 몸속에 알 수 없는 알들이 부화하듯
알 수 없는 나비들이
세모꼴로 무리 지어 날아오른다

알 수 없는 통증의 나비들

겨우내 빼꼼히 열린

환풍구를 찾아 살폿 기지개를 켠다

9살 고홍준 가던 날

노래 부르기를 좋아했다는 아이
휘파람을 더 잘 불었다는 아이
휘파람처럼 하늘로 돌아간 아이
서리서리 휘어 감긴 호른을 품에 안고
꽃봉오리처럼 웃는 아이의 얼굴이
봄날 가듯 하르르 하늘로 떠가네
엄마가 피로 나눠 준 제 몸까지
일곱 명 또래에게 나눠 주고 간 아이
그 아이 가던 날,
가슴 치는 할머니 같은 할미꽃이 지천이네
강둑엔 아이의 웃음처럼 꽃비가 내렸네

보리꼬리

중앙로 행길가에 옹기종기 모인 푸성귀들
할머니들 손길로 반짝반짝
서면 햇살 한껏 품은 애호박 둥글둥글
남면 텃밭에서 온 매끈매끈 등 굽은 진보랏빛 가지들
수북수북 쌓인 깻잎들 동면의 아침 햇살 되쏟아낸다
달리는 차소리보다 더 큰
할머니들 목청 높은 소리 속에 주욱 찢은 골판지 위 글씨
내 발길을 붙잡는다
보리꼬리 두 개 1,000원
삣뚤뺏뚤 소학교 1학년 글씨다
브로콜리가 언제 개명했을까?
지중해 연안 멀고 먼 제 고향 잊으라는 할머니의 깊은,
깊고 깊은 속마음 들여다보다 피식 입꼬리가 올라간다
보리꼬리 보리꼬리
왠지 따뜻한 노래를 온종일 할 것 같은 날이다

사건 열풍

TV, TV, TV마다 복사판이다

오디션 바람이 세차게 불더니
(하긴 나도 그 덕을 톡톡히 봤더니)
아빠들이 아기를 돌보는 바람을 일으키더니
(하긴 나도 '대한민국만세'를 헤헤거리며 외쳤지만)
오늘은 이 채널, 저 채널, 그 채널
(하긴 나도 바보상자 채널을 돌렸지만)
돌리는 채널마다
(너무 어지럽다)
음식을 찾아 먹으러 다니고
(하긴 나도 그러지만)
음식을 만들고
(하긴 나도 메모를 하지만)
음식 만들기 대회를 하고
(하긴 나도 손에 땀을 쥐고 보지만)

음식에 코를, TV엔 눈동자를 박고

쿵쿵 이 프로 저 프로 냄새를 맡는다

그렇게 간다, 오늘 우리들은 굶주린 개처럼

바이러스 안개

새 울음소리 들리지 않는 아침
창문마다 꼭꼭 문 닫힌 집들
아기 웃음소리 하나 들리지 않네
FM에서 흘러나오는 차이코프스키의 '꽃의 노래 왈츠' 만
하얀 뼈 같은 식탁 다리를 감고 맴돌 뿐

한겨울도 봄春인 춘천
눈 속에서도 생生이 펄럭이는 춘천
이 봄의 땅에 뻘건 혀가 날름거리네
저 단테의 여섯 번째 지옥으로 보내야 할 먼지 같은 바이러스
베르킬레우스의 손에 잡혀 단테가 본 6번째 지옥으로
던져져야 할 날개 단 먼지 알갱이들
내 둥지엔 울고 싶은 벨소리 끊긴 지 오래
창밖 목련꽃 꽃망울이 먼저 알고
지난해 섣달부터 환~하게 불 켜고 파수꾼이 되었네

천사의 눈길

'새가 날아가네, 어디로 갈까?'

엄마 손 잡은 아이의 눈이 새를 따라간다

'음~새가 봄으로 가는 거야 엄마'

아이의 눈길 끝으로 봄이 성큼 다가온다

외판원

띵똥 띵똥 벨소리 울린다
문밖에 서 있는 머리 희끗한 남자
하얀 봉투를 내 코앞에 들이민다
흰 봉투 혀끝 사이로
세종대왕 세 장 고개 내밀고 있다
'ㅇㅇ일보'를 구독해달라는 혀끝이다
문득 2008년 IMF 때의 데쟈뷰
"살려달라"는 말이
말보다 먼저 온몸에 젖어 있던 그 남자
"회삿돈이니 제발 받고 신문 구독을 해달라"던 눈빛
긴 그림자가 문고리에 걸려 어른거린다
문을 쾅 닫고 돌아서는 내 등 뒤로
축 처진 그의 어깨에 걸린 내 눈길
그 어깨 자꾸 내 심장을 훑고 지나간다

온종일 신문지처럼 접힌 몸속으로
하루의 후회가 담을 높게 쌓는다

제 **4** 부

디오니소스의 귀

뇌의 회로

한 사람을 보았다
인도의 끝날 것 같지 않은 길을 가는 버스 안에서
실오라기 한 올 걸치지 않고 맨발로 뜨거운 여름을 걷던 사람
어떤 이는 조로아스터교 교도일 거라고 했고
또 어떤 이는 더위가 뇌의 회로를 교란시킨 사람일 거라 했다
자라투스트라를 숭배하는 사람이든
어느 이름도 알 수 없는 신의 제자이든
그의 당당한 다름이 먼지 뽀얀 신작로 위를 덜커덩거리는
버스 속을 와글와글 끓였다
한 번도 가보지 못한 뇌의 회로 속으로
피톨만 한 캡슐 로봇이 되어 점점 멀어져 가는
벌거벗은 그 남자의 뇌 속 회로를 엿보고 싶었다

레일로드 Railroad

나는 나비의 날개를 짜고 있는데
너는 늑대의 울음을 우는구나
나는 길고 긴 휘파람을 꿈꾸며 입을 오므리는데
너는 천둥 번개를 부르는구나
나는 나의 아침을 커피잔에 담는데
너는 어느 전설의 늪으로 가는구나

나와 너는
이구아수폭포 악마의 목구멍*으로 70km/h로 달려가는 중

* 아르헨티나, 브라질, 파라과이 3국에 걸쳐 있는 수백 개로 된 폭포 중 가장 백미인 폭포

짱뚱어魚 다리 위에서

짱뚱어가 뛴다는 뻘을 걸었다
달이 밤바다를 치마폭에 숨겨 몰고 나간 신들의 자리
짱뚱어 나무다리 위에 서니
짱뚱어는 보이지 않고 납작 등 낮춘 게들만 보였다
뻘쭘한 민낯의 맨얼굴 주름진 뻘
유혹을 모르는 물길에 발자국으로 남은 물새
리듬 가락 모두 놓친 채
바다의 미완성곡으로 운율을 은유한다
섞음박 뻘 소리 조용히 뒤엉켜있는 나무다리 아래
짱뚱어가 훑고 간 맨발 위에
아기 주먹 같은 게들이 숨 죽여 바다를 마시고 있다
저 어린 게들만도 못한 주정꾼들의 소음이
짱뚱어들의 발자국을 다 지우고 있다

아침이 무겁다
무거운 세상에 짱뚱어가 돌아올 날은 언제인가

간이역

　바람과 구름이 기차를 탄다
　구름과 별의 레일이 빨갛게 달린다

　밤하늘은 허리가 무거워 출렁 휘고 허리 휜 하늘은 새의 깃털
속에 고개를 묻는다 새는 겨울 나뭇가지 위에 달그림자로 얼어
붙는데 다리가 긴 바람은 레일 위에 눕는다 달의 창백한 얼굴이
역사驛舍 뒤편으로 숨고 은빛 결로 반짝이는 달빛 그 긴 호흡이
간이역 난간에 어깨를 기댄다

　역과 역 사이
　달과 달그림자 사이
　그 사이에서 나는
　늘 서성이는 바람이다

목발

한쪽 다리 잃은 꽃 한 송이

언덕길 걸어 오르고 있다 눈이 부시다

사람 사람들 다리 다리들 사이, 저 목발

목발 위 눈부신 꽃,

그 꽃바람 부다의 언덕길을 환하게 열고 있다

붉은 해 같은 소녀의 얼굴 그 기운 언덕 위로 확~ 퍼진다

목발 위로 통통 튀어 오르는 목소리 트럼펫 소리처럼

하늘로 날아간다

소녀의 긴 황금빛 머릿결 같은 봄바람이

마로니에 꽃향기 주머니 톡톡 터트리고

하르르 하르르 꽃 피듯 흐르는 도나우강을 푸르게

푸르게 노래 부른다

언덕을 춤추듯 오르며 불꽃처럼 피어나는 꽃

봄보다 눈부신 봄, 봄꽃보다 더 눈부신 꽃

겔레르트* 언덕 위 목발 위에서 화들짝 피어난 꽃

오늘 그 꽃 내 심장에

불꽃으로 화인되었다

* 겔레르트 언덕 : 1045년 헝가리 최초의 순교자인 베네딕또 수도회 수사의 이름에서 온 언덕 이름

김약국 커피숍

약사는 지금 커피 약을 조제 중

지하철 6호선 효창공원역 2번 출구 로터리에 있는
김약국이라는 이름의 커피숍
과식을 한 사람에게 줄 소화제
커피콩을 사랑으로 갈아 에스프레소를 내리고
창가에 앉은 이방인에게 줄 브라우니가 처방되어 나오고
취업의 늪에서 허우적대는 젊은이를 위한
비타민C 듬뿍 담은 과일 갈리는 소리가
한낮의 창을 힘차게 돌리는 오후

김약국 젊은 바리스타의 마음을 섞은
특별처방 커피 사랑을 마시는 오늘 나는
내게 등 돌리고 떠난 그 누구라도 용서 할 것 같다

70여 년 동안 동네 사람들의 막내이름 같은
김·약·국, 그 간판 내릴 수 없어 지금은 커피집이 된 김약국
오늘도 김약국 앞에서 만나고 헤어지는 사람들을 마중하며

커피콩을 볶는 청년, 저 바리스타 약사가 내려준
사랑의 묘약을 마신 나는
카페인과 밤새도록 춤을 춰도 괜찮겠다
진열대 위에서 온몸 흔들며 웃고 있는 패스트리
그 빵의 결들 사이로 스며드는
저 젊은 주인의 따뜻한 봄날의 노래

마음 아픈 사람, 외로운 사람들은 하루쯤
그의 창가에 머물다 와도 좋겠다

유리잔 속의 소리*

잭슨 폴락의 「유리잔 속의 소리」를 본다
"유리잔 속의 소리"소리 속에는 회오리가 있다

붉은 침묵이 웅크린 소리의 파장들
파장 위로 지나가는 빛의 속도가 하늘을 찌른다
앙다문 소리 없는 소리 속에서 아우성치는 소리들
깊이 묻어 잠재울 수 없는 빙속 같은 유리잔 속의 세상
수천만 소리로 입력된 생각들이 솟구치는 활화산
혀끝 깨물며 가슴에 품고 있는 숨죽인 말, 말들
천의 빛줄기들의 소리, 그 소리의 뿌리
파르르 떠는 몸짓 유리잔 속 갈잎 같은 숨결
어떤 손도 잡을 수 없는 저 빙벽의 길
산산조각 나 스러지는 저 피돌기의 침묵
세상에 손 하나 잡을 수 없는 유리벽
유리잔 하나씩 가슴에 품고 사는 사람들

그런 사람들의 깃발 회오리처럼 일어날
그런 날 그리운 오늘

그런 날 그리운 지금

* Jackson Pollock (1912~1956 미) : 액션 페인팅 작품에 주력했던 추상표현주의 화가의 작품명

장사항港

하늘과 바다가 맞닿은 선
암호 같은 부호, 줄 하나 스윽 긋고
푸르게 웃는
푸르게 숨 쉬는
저 수평의 평화
그 평화 앞에서 우리들은 회를 먹는다
쟁반에서 펄쩍펄쩍 뛰는 활어회
둥글게 눈 뜬 활어회 한 점 입에 넣고
나는 생과 죽음을 생각한다

모르스 부호로 던져지는 저 비밀의 단어
이승과 저승, 그 찰나의 점에서
몸통은 죽어 있고 머리통은 살아 펄~펄 뛰는
저 경계선의 천둥 같은 호흡
우리의 생生도 저 활어처럼
허공 같은 흰 쟁반의 무채 위에서
나란히 눕는 흰 살, 흰 뼈

시리게 아름다운 장사항에서 남의 살生을 먹는 오후
생生과 사死의 저 눈부신 찰나

고야

춘천박물관 이끼 낀 돌담길을 돌다 우연히 마주친 고야
고야가 건네준 비닐봉투
검정 비닐봉투 속 고야가 내게로 왔다
탱탱한 고야를 먹으며
새콤한 고야를, 달콤한 고야를 생각한다

고야의 "벌거벗은 마하"의 눈을 보며
"변덕43"을 보며
먼지바람 부는 "마드리드"를 떠 올리며 또 고야를 생각하다가
마하의 눈 속 그 검은 우물 속으로 들어간다
우물 바닥에서 고야를 더듬고
고야의 씨처럼 단단한 고야의 고뇌가 가라앉은 진흙 뻘에서
딱딱한 고야씨가 뻘이 되는 영겁을 생각하다 하늘을 쳐다본다

그냥
고야는
고야도 고야씨도 마하의 고야도 또 다른 어느 고야도
모두 다 그냥 고야다

내게 한 봉지 고야를 준 촌노도
박물관 벽에 나비처럼 붙어 있는 고야의 영혼도
한 줌 흙이다

*" "는 고야의 작품명

디오니소스의 귀*

세상의 뜨거운 바람 지나는 길목에 귀 하나 세운다
비밀 품고 망부석이 된 듯
비밀을 풀어놓지 못한 심장 하나 바위로 굳어간다
그대의 귀 어디쯤 차가운 작은 귀 슬쩍 걸어놓고
마그마처럼 들끓고 있을, 분수로 치솟을
비밀의 탑을 쌓는다
누군가 어깨에 걸친 가벼운 날개 하늘에 닿을 듯
바커스 그대의 귓속으로 굳은 몸 하나 던진다
순간의 향으로 사라져 갈 날숨에 귓불 한 촉 묻겠다
한겨울 만두 속 같은 눈덩이 굴리고 굴려 불어난 소문들
귀 언저리 어딘가에 하늘길 열리면 날아갈까

눈송이 녹듯 귓불에서 녹아내릴 가벼운 이야기들
돌 하나 길가에 세우고
얼음송곳 같은 망부석으로 두 귀 닫고 서 있다
시간의 굴레가 멈춘 시간 속에서

* 시칠리아섬에 있는 동굴 이름

감태나무

따뜻한 남쪽 거창
거창 마리면 아홉산에
감태나무 숲이 있다는데
한겨울에도 목숨 다한 잎사귀들
나뭇가지에서 떨어지지 못하고 가지마다 싸고 있다는
버석버석 마른 어머니 같은 갈잎들
감태나무 바싹 마른 숨 끊은 이파리들
죽어서도 죽지 못하는 징하게 어미 닮은 나무
그 가지 하나 뚝 잘라 지팡이 만들 것을
백동백 나무 지팡이 하나
천만 번 하늘이 노랗게 되도록 숨결 넣으며
모래종이로 박박 밀어 하나뿐인 지팡이 만들어 드릴 것을
나무 지팡이 하나 만들러 아홉산 멀고 멀어 나는 가지 못했네
셋째 다리 지팡이 하나 들려 드리지 못했네
허리 굽었던 내 어머니 시커멓게 탄 속
타고 또 타서
콩알만 한 새카만 열매가 되어
백동백나무 열매로 아홉산 뒤덮었네

대빈묘 大嬪墓*

한겨울 푸른 솔 숲
서오릉에 오르니
찬바람 소리에 귓불이 맵다
차마 세속에서 밟고 온 흙 묻을까 신도神道를 비껴
시치미 뚝 떼고 어도를 밟아 오른다

죽어서도 높으신 저 왕족
그저 우러러 높기만 하다
마른 겨울 잔디밭에서
놀이에 취한 듯 까닭 없이 뛰는 아이 두어 명
아이들 그 맑은 웃음소리에 파랗게 얼었던 하늘이
쨍그랑 빗금을 긋는다

한 줌 흙으로 귀 한쪽 능 밖으로 세우고 있을
의경세자의 경릉을 돌아 나오니
홍살문, 신도, 비각 그 어느 것도 없는
숨죽인 초라한 봉분 하나
돌이끼 낀 곡장에 갇힌 듯 춥다

이름 없는 어느 봉분에 달꽃이 흐르듯
핏빛으로 물들었던 한 세상 부귀영화도
한 줄기 바람결인 듯
서오릉 마른 가지들이 부르르 몸을 떤다.

* 경기도 고양시 서오릉 경내에 있는 숙종의 후궁 희빈 장씨의 무덤

물안개 피는 길

소양강 강둑에 동자꽃 붉다
하늘구름채 보랏빛 꽃망울 피는 길
쑥부쟁이 해맑게 웃는 길
물안개 하늘로 오르는 길
흰 구름 새처럼 내려와 잠드는 길
강은 하늘을 열고 있다
하늘의 열매를 내리고 있다

강도 웃고
새들도 웃고
풀잎 같은 아기들의 웃음소리
오월의 그 하모니길
나도 그 속에서
아기천사처럼 하르륵 하르륵 웃으며 간다

제 **5** 부

옹달샘 랩소디

고인돌

말없이 누워 있네
잠들지 못한 누군가의 뒷모습이

말없이 누워 있네
누군가의 설움 한쪽이

이승의 푸른 언덕에 왼발 담그고
미처 떠나지 못한 그림자의 등허리
돌이 되어, 산이 되어
외다리로 서서

마을로 가는 고샅길 쪽으로
긴 헛기침을 하듯 기울어져 있네

나비알 부채

갓 세 돌 막 지난 아기
나비 같은 아기
파란 나비 부채
내 손에 꼬옥 쥐어 주고
팔랑팔랑 제 엄마 치마폭으로
날아가네

아기천사 그 요정의 선물
더럽힐까
부서질까
한여름 내내
내 거울 서랍 속에서
나비알처럼 나비 꽃처럼 잠들어 있네

코와 키스

옛날에
꼬마였던 옛날에
어쩌다 입맞춤하는 것을 영화에서 보았네

아저씨의 모자에 가려졌던 입맞춤,
그날부터 걱정했네
코는 어떻게 하고 입을 마주하나?

키스도 관심 밖인지 오래된 지금
문득 그 생각이
어이없게도 내 어깨를 툭 치고 달려와
피식
나를 웃게 하네

앨버트로스의 노래

나는 나를 삼킨다
등 푸른 고등어 가시를 삼키듯
닭 뼈를 삼키듯

세상은
바람은 힘의 블랙홀

농무濃霧 낀 힘의 지뢰밭 그 입구에 서서
무리 잃은 들짐승으로 서서
저 까마득히 멀어져가는 허공의 날갯짓
새파랗게 질린 두 팔 벌려 휘젓는 손, 손
그 들리지 않는 말의 몸짓 바람의 몸짓
내 몸속에서 푸른 날개가 솟는다

남극의 칼바람 얼음 속 빙결을 가르며
한 끼 먹이를 위해 펄럭이는 짐승
앨버트로스의 날갯짓을 흉내 내며 비틀거리는 깃털바퀴
나는 나를 삼킨다

빙벽을 오르는 날개 잃은 새,
어두운 무대에서 홀로 팬터마임 하는
앨버트로스

바람의 암호

적십자사 통계 이산가족 상봉 신청자
13만 409명

거짓말 같은 일이 거짓말처럼 일어나길 빌며
적십자로 보낸 신청서
이십여 년 지난 지금도 감~감~
신청서 빈칸을 채워가며 천둥처럼 울었던 심장 뛰는 소리
거짓말처럼 기쁜 소식 내게도 와 주려니 했던 일은 오리무중
박왕자 총격사건, 탄도미사일 발사 앞에 꽁꽁 얼어붙는 DMZ
카렌족의 목처럼 길게 목 늘어나던 내 어머니
거미처럼 말라 오늘내일 기약 없네
지푸라기 한 올 붙잡을 길 없는 지금
늦은 밤 드라마 '태양의 후예'를 보며
매 순간 목숨 건 특전사 꽃미남 배우가 극화한 기회
남북이산 가족 만나는 물고를 텄다는 '극중' 뉴스를 보며
내 생애 단 한번 부르고 싶은, 아직도 못 불러 본 이름
그 이름 내 아버지

어느 구천에서 객귀로 떠돌고 계실까
어느 지하 벙커에서 숨죽이고 암호로 살아가실까
어느 골 깊은 협동농장 산비알에서 꽃살림 차렸을까

물안개꽃

저 속에
부처님이 앉아있나 보다
허리 아주 낮게 굽혀야
비로소 제 얼굴 쏘옥 내밀어 주는 꽃
작디작은 풀꽃
안개 방울방울
안개 물방울이 피워 낸
안개 품고 피어나는
아기 손톱 같은 꽃
물안개 피어나는 소양강 강둑에
하르르하르르 피어나는 꽃
허리 둥굴려야 보이는 풀꽃
물안개 품고 피어나는
물안개 꽃

돌이 된 말

노을이 지는 강둑에 서서
강물 위에 편지를 쓴다, 별을 부르는 편지를
눈부신 발끝으로 쓰는 편지
알 수 없는 암호 황금빛 노을

암호의 문 그 깊이를 알 수 없는 문, 저 문의 열쇠
내 심장으로 가는 문 운하로 가는 길을 낸다
나도 모르는 내 심장의 문
껌뻑거리다가 새의 깃털이 된 내 눈
얼음같이 어두운 바닥에서 돌이 된다
얼음돌이 된다

물 밑에서 불어오는 회오리바람
저 회오리는 어디에서 오는 것일까?
환幻 같은 환상幻想의 등 뒤에 서서 노을이 된 말
저문 말,
돌이 된 말 강물에 풀어 놓고
나는 다시 별을 부른다

말의 씨앗

사람의 마음은 한여름 여우비 같아서
순간 천 리를 왔다 갔다 하는데
나는 풋사과를 베어 문 입처럼
여름 장맛비에 젖어 떨고 있는 작은 새처럼
흐르는 강물 위 마른천둥 번개처럼
개미 입에 물린 조그만 나뭇잎 조각처럼
나를 감싸 안을 긴 팔 하나 세우지 못하고
오랫동안 고인 물 물길을 트지도 못하고
작은 배 한 척 띄우지도 못한다

여우비도 때로는 물길 열어 흐르기도 하는데
장맛비처럼 쏟아붓고 싶은 까만 씨앗의 말들
먹구름 속 깊이 파묻고
꽃무늬 벽지 빛바랜 벽 벽시계 초바늘처럼
말을 쓸어 담는 몽당비 하나 슬며시 고개 들어
비껴 있을 씨알 말들 쓸어 담아
엿기름물에 담긴 밥알처럼 푹푹 삭힐 수 있을까

옹달샘 랩소디

하늘 우물 닮은 옹달샘 하나
쪽빛 달개비꽃 숨어 핀 숲속에
부전나비 조그만 날갯짓 옹달샘 파문을 그리면
수줍은 옹달샘 작은 가슴 반쯤 열고 반짝인다

박새가 날개 씻고 물방울 박차고 날아가면
곤줄박이 낮게 낮게 날아와 물장구치면
물까치 목축이고 호로록 호로록 날아가면
개구리밥이 연두~연두~ 기지개 켜면
실잠자리 살짝 알을 슬고 가면
개구리밥 초록초록 이불 덮은 샘물가엔
황여새가 슬쩍 놓고 간 노간주나무 싹이
곤줄박이 울음소리로 뾰족뾰족 음계를 높인다

숲속 작은 옹달샘
우주를 품어 안은
네 가슴 깊은 곳에
한해살이풀로 살고 싶어라 살고 싶어라 목청 높이네

뫼비우스의 띠

빌딩과 유리창 사이에
컵과 책상 사이에
연필과 종이 사이에
사이와 사이에 내 심장이 꽂힌다

매일 하늘을 한입씩 크게 베어 삼키며 키 키우는 아파트들
그 이마 위로 모래바람은 신기루를 펼치고
선과 선이 머리 맞대고 있는 각角
각의 날 위로 안개 같은 긴 그림자
내 방안을 기웃거린다

그림자 사이로 나를 삼키고
성에 낀 유리벽처럼 찬바람 휘휘 도는 좁은 방
유리창에 뜨겁게 남기고 돌아선 입김
입김 결결이 햇살은 창틈새로 길게
날카로운 이빨을 드러내며 소리 없이 어깨를 들썩인다

내 온몸에 돋아나는 돌기들의 각

조그만 귀를 세우고
뫼비우스의 띠가 내 귀를 감고 돌 때
하늘은 휘청 각을 삼킨다
카오스다

유레카* Eureka

　지금은 봄 같은 겨울의 복판 나는 봄옷을 치켜들고 옷장 앞에 서 있는 중, 밥 알갱이들은 부엌에서 화석으로 굳었지. 노래로 포장된 오이피클을 받고 거쉰인의 서머타임이 내 방의 구석구석으로 스며들었지 한 움큼 쥐었던 별이 손가락 사이로 흘러내리는 순간 번스타인의 손가락은 '파리의 아메리카인'을 부르며 건반을 쓰다듬지. 창가에서 식어가는 먹물 같은 커피 속에 내 나른함을 풀어 놓고 어두움 속을 지나 유리천정에 머리를 심었지. 내 목소린 참 낯설었지. 똬리 튼 양말 한 짝이 로봇 청소기 손에 걸려 나와 돌아앉는 토요일 오후, 텅 빈 주머니 남극 갈피에서 삐죽 발끝 내민 붉은 지폐 한 장 아들보다 반가운 오후, 유레카! 너를 부른다. 참 웃픈 순간 까치발로 로켓처럼 날아올라야 할 것 같은 하루, 한 그루의 수묵화로 귀 닫고 싶은 오늘

* 금관의 무게를 알아내라는 히에론왕의 명으로 고민하던 아르키메데스가 욕조 속에 들어갔을 때 물이 넘치는 점에서 착안하던 순간 외쳤던 "알았다!"란 말.

눈 내리는 날

눈이 내린다
꽃나비처럼 눈이 내린다
천사 같은 눈이 내린다

소양강 가 겨울 나뭇가지들 하얀 손을 흔든다
팝콘 튀듯 아기천사 눈망울 같은 하얀 나비들
포롱포롱
날아오르는 저 눈꽃송이들
나는 천사들의 눈망울 속에
눈을 묻는다
입술 다문다
귀를 닫는다

나는 세상에 등 돌린 채
벼랑 끝에 까치발로 서서
얼룩진 세상을 바라본다

혼천의 한 장

소소리바람 부는 중앙시장 입구
돌맹이처럼 앉아 있는 여인
어디선가 흘깃 본 듯한 여인
감자밭 두렁 가에 던져진 돌무덤처럼 앉아있다
흙바닥에 몇 개 눌러앉은 바구니 속마다
파치 사과알들이 등 기대고 졸고 있다
햇살 빗겨 간
쭉정이 같은 사과 퀭한 눈들 위로
마로니에 잎처럼 떨어지는 혼천의*渾天儀 한 장
마른 입술 위로 스치는 가랑잎 같은 미소
등에 얼어붙은 겨울바람이 한 장 두 장 느릿느릿
절기의 건널목을 기어가고 있는 이른 봄날 오후
봄은 왜 숨었을까
봄도 숨기는 저 뒤집힌 그림

* 혼천의가 새겨져 있는 만 원권 지폐

눈부신 노래, 소나기 같은 풍경
― 송경애의 시세계

유 성 호
(문학평론가, 한양대학교 국문과 교수)

눈부신 노래, 소나기 같은 풍경
— 송경애의 시세계

유 성 호
(문학평론가, 한양대학교 국문과 교수)

1. 외적 상황과 내적 심층의 결속

송경애 시인이 펴내는 두 번째 시집 『바람의 암호』(시와소금, 2021)는, 근원적인 의미에서 '시적인 것' 이야말로 시인 스스로의 구체적 경험을 통해 형성되고 개진되는 것임을 알게 해주는 미학적 성과라고 할 수 있다. 가령 시인은 특정 사물이나 상황에 맞닥뜨렸을 때 그것들을 실제 그대로 반영하기보다는 그것들과 맞서고 있는 자신에 대해 궁구하고 나아가 외적 상황과

113

내적 심층과의 결속을 도모한다. 그리고 사물 자체보다는 그것과 자신 사이에 형성되는 고유한 관계를 경험하고 발견하고 표현해간다. 이 점, 송경애 시인이 사물의 객관성보다는 그 사물을 해석하고 판단하는 자신의 주관성에 크게 의존하는 서정시의 원리를 충실하게 따른 결실일 것이다. 따라서 그의 시는 사물의 외관이나 표정을 담아내는 과정보다는 주관적 경험이 사물의 순간성에 참여하는 서정적 동일성을 추구해가는 것을 원초적 원리로 삼는다. 자기 탐닉의 나르시시즘을 넘어, 지적 절제를 통해 사물의 속성과 자신의 내면을 동시에 응시하면서 그것을 심미적 형상으로 변형하는 활력을 보여주는 것이다. 그래서 그의 시는 다양하게 산포된 심미적 풍경을 펼치면서도, 스스로의 언어를 내면 고백의 서정시로 우뚝하게 세워가고 있는 것이다. 이 글에서는 송경애 시인이 발견하고 펼쳐가는 이러한 외적 상황과 내적 심층(心層/深層)의 결속 과정을 살펴보고자 한다.

2. 존재론적 기원에 대한 기억과 그리움

송경애 시인은 존재론적 기원으로서의 '어머니'를 회상하고 호출하는 애틋한 모습을 보여준다. 원형적 대상에 대한 가없는 그리움의 세계를 노래하는 것이다. 원래 '그리움'이란 대상 부재에 의해 생겨나는 일종의 결핍감이다. 대상에 대한 간절한 애

착을 숨기고 있지만, 강렬한 세속적 욕망과는 전혀 다르게, 이제는 그 대상을 만나볼 수 없다는 실존적 안도감이 그 안에 담겨 있게 마련이다. 그래서 그리움을 가진 사람은 그것으로 삶의 항구적 형식을 구성할 뿐, 대상에 대한 실제적 만남을 욕망하지는 않는다. 그 점에서 송경애 시인은 이러한 그리움이 삶의 불가피한 형식이라는 점을 노래하고 있는 것이다. 다음 시편을 먼저 읽어보도록 하자.

하얀 눈발 같은 날개로
내 베란다에 찾아온 작은 새 한 마리
떫은 생, 벗겨내듯 곱게 깎아 내놓은 곶감 몇 톨
주린 배 채우려는 듯 빠르게 쪼아댄다
저 작은 날개, 이 겨울
긴긴 터널을 어떻게 건너갈까

문득 내 어머니가 나를 업고 긴긴 이 세상
좁은 터널을 어떻게 건너왔을까
어머니 혼의 흰 날개 같은 저 창밖의 작은 새
붉은 감 알 같은 피톨이 목구멍을 치민다
어머니의 환생, 저 새의 붉은 부리
나를 일으켜 세운다

환한 대낮이 붉은 감 알로 둥둥 떠간다

                    —「까치밥 환생」 전문

　돌아가신 어머니를 회상하는 과정을 담아낸 이 작품은 베란
다에 날아와 "곱게 깎아 내놓은 곶감"을 쪼고 있는 '새 한 마
리'에서 발상이 시작된다. 겨울을 닮은, 하얀 눈발 같은 날개를
가진 새 한 마리를 통해 시인은 "어머니가 나를 업고 긴긴 이 세
상/좁은 터널"을 건너온 세월을 상상해본다. 그때 창밖의 작은
새는 "어머니 혼의 흰 날개"로 날아와 "어머니의 환생"을 시인
으로 하여금 경험케 해준 것이다. 새의 붉은 부리가 시인을 일
으켜 세울 때 "붉은 감 알" 같은 세월도 "채석강 같은 구름 속
으로 사라진 어머니"(「돌」)처럼 흘러가고 있었을 것이다. 그렇
게 자신이 정성스레 깎아 내놓은 '까치밥'을 통해 어머니의 환
생을 순간적으로 경험하게 된 시인은, 새 한 마리에 대한 지극
한 연민이 어머니에 대한 그리움으로 번져가는 과정을 구체적
상황과 내면의 결속으로 환하게 보여준다. 차가운 겨울날 풍경
사이로 "낯익은 내 어머니의 눈길이 나를 휘감는"(「연어의 먼
물길」) 시간들이 애잔하고 융융하게 흐르고 있지 않은가. 다음
시편은 어떠한가.

　반짇고리가 어머니처럼 누워 있다
　그 속에 이 빠진 가위 하나

바람의 숨결만큼 가벼워지던 몸
어머니의 유언처럼
그 가위 오늘 녹슨 입을 연다

아침마다 배달되는 활자 속에서
'예쁜 말 바른 말'을 오리려니
가위가 신문지를 꾹~ 씹는다
벼락 맞은 듯 조각난 생각의 글자들을 껴 맞추고
신문지처럼 가벼웠던 어머니를 뉘이듯
가만히 가위를 내려놓는다
어머니 누워 계신 정족리 서산을 바라보며
이 빠진 가위 같은 입술로 어머니를 불러본다

청상이 되어 세상의 바늘 끝에 찔리며
삯바느질로 키워낸 딸자식 하나
구천을 떠도는 어머니의 구부러진 손가락 마디마디가
가위 위에서 쩡쩡 얼어붙던 소리
어머니, 당신의 손가위가 자근자근 말씀하신다
흙탕물 같은 세상에 떨구고 가신
핏줄 하나
'너는 나처럼 살지 말라'고 바람의 목소리가 가슴을 훑는다

— 「가위」 전문

이번에는 어머니의 손길이 구체적으로 가닿았을 사물이 가지런하게 펼쳐진다. 반짇고리 안에 어머니가 쓰시던 "이 빠진 가위 하나"가 들어 있다. 바람의 숨결만큼 가벼워진 몸이 되어 건네신 "어머니의 유언"처럼 가위도 녹이 슬어 있다. 조간신문의 '예쁜 말 바른 말'을 오릴 때 가위가 잘 안 들 때 시인은 "신문지처럼 가벼웠던 어머니"를 누이듯 가위를 내려놓은 채 어머니 누우신 "정족리 서산"을 바라본다. 어머니의 생애는 청상으로 세상 바늘 끝에 찔리며 살아오신 세월이었다. 삯바느질로 딸자식 하나를 키워내신 그 구부러진 손가락마다 깊이 새겨졌을 "가위 위에서 쩡쩡 얼어붙던 소리"가 들려오는 듯하다. 딸에게 건네신 "바람의 목소리"가 가슴을 훑고 지날 때 '어머니'는 시인의 존재론적 기원(起源)이요, '가위'는 어머니의 분신이요 회상의 매개물로 선명한 물질성을 가지게 된다. 송경애 시인은 "내 키를 키우고/신발 문수를 늘였던 어머니의 그릇들"(「그릇 속에서」)을 소중하게 간직하고 "손발 품어주신 어머니의 가슴처럼 따습던 아랫목"(「아랫목」)을 지금도 매만지면서 어머니를 그리워하는 전형적 서정시인으로서의 단정하고도 견고한 매무새를 보여주고 있다.

이처럼 송경애 시인은 이번 시집에서 한결같은 그리움의 깊이를 구상화하면서 거기에 아름다운 미학적 의장(意匠)을 부여해간다. 그러한 힘은 근원적으로 기억이라는 행위에서 이루어지는데, 특별히 어머니에 대한 섬세하고 진중한 기억은 통일되고 일관된 시인의 내면을 구성해주는 기능을 떠맡고 있다. 기억을 통과하지 않고는 주체를 경험적으로 회복할 수 없다는 점에서 그의 시는 일상을 규율하고 관장하는 에너지로서 기억의 운동을 열정적으로 펼쳐가는 현장으로 존재한다. 그에게 기억이란 현재의 삶에 남아 있는 과거 풍경이자 그때의 한순간을 구성해낸 힘으로서 움직이며, 동일성의 감각에 의해 발원되는 언어적 구성 원리가 되어준다. 우리가 기억의 원리가 서정시의 핵심이라는 말을 이 순간만은 승인할 수밖에 없는 까닭도 송경애의 시 같은 사례들이 우리 시단에 엄연하고도 아름답게 존재하기 때문일 것이다.

3. 일상 속에서 경험하는 시원의 발견과 회복 과정

그런가 하면 송경애 시인은 자신이 살아가는 '춘천'을 작품 안에 배치하여 그 안에서 울려나오는 풍경과 소리를 두루 어울리게 하고 화창(和唱)하게 하는 적공(積功)을 선보인다. 이러한 필법(筆法)은 자신이 살아가는 생활 세계를 일상과는 다른 시선으로 바라보게 해주는 방법일 터인데, 시인은 사물을 응시하거나 소리를 듣는 과정을 통해 하나의 시적 상황을 구성하면서 때로 사물 자체를 때로 시인과 사물이 유추적으로 결합되어 나타나는 순간을 담아내고 있다. 이때 시인이 보고 듣는 풍경과 소리는 삶의 심연을 암시하면서 시인의 남다른 사유와 감각의 한 정점을 암시해준다. 그 사유와 감각으로 송경애 시인은 자신의 원(原)체험을 기억해내고 그것을 한 편 한 편의 작품 안에 배열해가는 것이다. 그리고 시인이 회상해낸 원체험의 결은 오랜 기억 속에 머무르면서 지속적으로 시인의 삶에 긍정적 자양을 제공해준다. 시인은 원체험을 담은 기억을 통해 자기동일성을 획득하면서, 현재 기억에 의해 선택되고 재구성되는 삶의 심연을 바라보고 있는 셈이다. 시인의 기억 속에 부단하게 변형되어 나타나는 현재형으로서의 공간 '춘천'을 한번 발견해보자.

눈이 내린다
꽃나비처럼 눈이 내린다
천사 같은 눈이 내린다

소양강가 겨울 나뭇가지들 하얀 손을 흔든다
팝콘 튀듯 아기천사 눈망울 같은 하얀 나비들
포롱포롱
날아오르는 저 눈꽃송이들
나는 천사들의 눈망울 속에
눈을 묻는다
입술 다문다
귀를 닫는다

나는 세상에 등 돌린 채
벼랑 끝에 까치발로 서서
얼룩진 세상을 바라본다

—「눈 내리는 날」 전문

소양강가 겨울 나뭇가지들을 덮으면서 눈이 내린다. 어느새 눈송이들은 "아기천사 눈망울 같은 하얀 나비들"이 되어 포롱포롱 하늘로 날아오른다. 눈꽃송이들을 바라보면서 시인은 "천사들의 눈망울 속"에 자신의 눈을 묻고 입술을 다물고 귀를 닫는다. 이때 모든 언어는 돌연 중지되고 감각은 한동안 유보되고 해석은 한없이 지연된다. 그렇게 시인은 "얼룩진 세상"과 "천사들의 눈망울"을 대비시키면서 그러한 간절함을 "벼랑 끝에 까치발로 서서" 표출하고 있다. 눈 내리는 차가운 날에 시인의 가슴에 다가온 뜨거운 순간이 '시인 송경애'를 환하게 들어올리고 있는 셈이다. 아마도 그것은 "한 움큼 쥐었던 별이 손가락 사이로 흘러내리는 순간"(「유레카Eureka」)이었을 것이고, "밤새 하얀 눈이 덮은 고요한 새벽의 품"(「장3도 상행하고 싶은 순간」)을 발견하는 아름다운 실존적 갱생의 사건이기도 했을 것이다.

누가 마당을 쓰네

누가 시를 쓰네

누가 아침을 쓰네

누가 세상을 쓰네

누가 내 마음속 유리창을 두드리네

아침의 푸른 비질 소리 푸른 샘, 그 샘물 길어올리는 소리
내 몸의 세포 은사시나무 잎으로 흔드네
흔들어 깨우는 비질하는 아침
이른 아침 아파트 마당을 쓰는 비질 소리
그 눈부신 노래가 봄내[春川]의 날개를 털고 일어나네

—「새벽의 소리」 전문

　이번에는 새벽에 누가 마당을 쓰는 소리를 듣고 있는 시인의
모습이 나타난다. 시인은 마당을 쓰는 소리를 더 확장하여 누
군가 '시'와 '아침'과 '세상'을 쓴다는 상상을 이어간다. 여기
서 '쓸다'와 '쓰다'의 언어유희(pun)가 동원되면서 마당을 쓸
듯이 시를 쓸고 아침을 쓸고 세상을 쓸기도 하고, 마당을 쓰듯
이 시를 쓰고 아침을 쓰고 결국 세상을 쓰기도 하는 이중의 상
황이 펼쳐진다. 마음속 유리창을 두드리는 "아침의 푸른 비질

소리"는 푸른 샘에서 "샘물 길어올리는 소리"로 다가오는데, 몸의 세포를 흔들어 깨우는 그 새벽의 소리는 "눈부신 노래"가 되어 그렇게 '봄내[春川]'의 날개를 털고 일어난다. 시인의 마음 속에 "한겨울도 봄春인 춘천/눈 속에서도 생生이 펄럭이는 춘천"(「바이러스 안개」)이 아름답고 신성하게 들어차는 순간이 아닐 수 없을 것이다. 그리고 이 순간은 그의 시가 "눈부신 노래"가 될 수밖에 없는 까닭을 잘 보여준다 할 것이다.

이처럼 송경애 시인은 하얗게 내리는 눈과 새벽에 들려오는 소리를 통해 세상과 등진 '시원(始原)'의 차원을 복원하려고 노력한다. 여기서 시원이란 궁극적 유토피아나 돌아가야 할 유소년기를 지칭하지 않는다. 그것은 지각으로는 경험하기 어려운 어떤 신성(神聖)을 품고 있는 풍경의 차원이기도 하고, 훼손되기 이전의(역으로 일체의 훼손을 치유한 이후의) 정신의 차원이기도 하다. 시인은 그것을 자신이 살아가는 춘천의 일상 속에서 발견해간다. 이 같은 발견과 회복을 통해 그의 언어는 시원의 상상적 완성을 꾀하고 있는 것이다. 자연 사물에서 얻는 감각적 과정에서 발원하여, 시적 언어의 심연 속에서 사물과 인간이 공명하며 그려내는 파동을 담아내고 있는 것이다. 이때 시인이 배치하는 사물들은 제 몫의 감각을 온전하게 구비하면서도 인간의 일상적 삶에서 어떤 지혜나 경험을 회복하는 상징적 장치로 변화하기도 한다. 이러한 면모는 시인이 대상을 바라보는 태도나 관점에서 빚어지는 것인데, 인간과 자연의 상호의존성을 생성의 경이로움으로 노래하는 송경애의 시편은 그러한 태도와 관점을 선명하고도 탁월하게 드러내고 있다 할 것이다.

4. 서정시에 대한 오랜 믿음과 열망

두루 알다시피 서정시는 언제나 언어예술의 핵심이자 극점의 자리를 잡아온 전통을 가지고 있다. 근대 이후에도 그러한 속성은 꾸준히 유지되어왔다. 언제나 예술적 표현의 밑바닥에는 시적 상상력이 숨을 쉬고 있었으며 이러한 상상력의 형식은 비인간화의 방향으로 내닫는 문명사회에서 숨길을 트는 강력한 문화적 항체 역할을 해왔다. 정보나 이성보다는 감정과 상상을 중히 여기는 인간의 정서적 충동 때문에라도 서정시는 그 가치가 비교적 오래 보존되고 지속되어왔던 것이다. 송경애 시인은 이러한 서정시의 오랜 전통과 미학적 속성을 가득 품으면서, 자신만의 고유한 역진(逆進)의 상상력으로 서정시의 한 차원을 개척해간다. 그것은 서정시가 얼마나 우리 시대의 과잉된 부분에 대한 대안적 언어를 내장할 수 있는가를 시사하는 실례로 우뚝하기만 하다. 서정시를 향한 오랜 믿음과 고투를 상징적으로 보여주는 다음 시편들을 읽어보도록 하자.

사람의 마음은 한여름 여우비 같아서

순간 천 리를 왔다 갔다 하는데

나는 풋사과를 베어 문 입처럼

여름 장맛비에 젖어 떨고 있는 작은 새처럼

흐르는 강물 위 마른천둥 번개처럼

개미 입에 물린 조그만 나뭇잎 조각처럼

나를 감싸 안을 긴 팔 하나 세우지 못하고

오랫동안 고인 물 물길을 트지도 못하고

작은 배 한 척 띄우지도 못한다

여우비도 때로는 물길 열어 흐르기도 하는데

장맛비처럼 쏟아 붓고 싶은 까만 씨앗의 말들

먹구름 속 깊이 파묻고

꽃무늬 벽지 빛바랜 벽 벽시계 초바늘처럼

말을 쓸어 담는 몽당비 하나 슬며시 고개 들어

비껴 있을 씨알 말들 쓸어 담아

엿기름물에 담긴 밥알처럼 푹푹 삭힐 수 있을까

― 「말의 씨앗」 전문

한여름 내리는 여우비처럼 사람의 마음은 순간적으로 큰 스케일을 그려가면서 움직여가지만, 시인은 아직도 스스로를 감싸 안을 팔도 세우지 못하고 물길을 트지도 못하고 작은 배 한 척 띄우지도 못했다고 스스럼없이 고백한다. 자신의 언어가 풋

사과를 베어 문 입이거나 장맛비에 떨고 있는 작은 새이거나 마른천둥 번개이거나 조그만 나뭇잎 조각 같다는 전언은, 그 자체로 "장맛비처럼 쏟아 붓고 싶은 까만 씨앗의 말들"에 대한 강렬한 희원이요, 언어 자체에 대하여 '시인'으로서 가지는 회한과 깊이 연동되어 있다. 이는 말을 쓸어 담는 몽당비 하나 고개를 들어 "비껴 있을 씨알 말들"을 쓸어 담아 삭힐 수 있을까 하는 열망으로 이어져가는데, 그렇게 '말의 씨앗'은 '시인 송경애'에게 "영혼이 담긴 따뜻한 신발 한 켤레"(「숨바꼭질」) 같기도 하고 "활 같은 귀 하나 열어 놓은"(「꽃비」) 언어적 보고(寶庫)가 되어주기도 한다.

소양강 가는 길목에 '풀내음'이란 식당이 있다
외갓집 대문 같은 정겨운 그 식당 나무문을 밀고 들어서면
허기처럼 밀려드는 냄새
풀 냄새가 아니라 감자전 냄새다

그 집의 일미는 가늘고 길게 채 썰어 지져내는 감자전이다
서로서로 꼭 껴안고 잠든 뱅어포 같은 감자전
정적에 든 선禪의 율律 같은 고요

내 시에도 감자채전 같은 묵상의 고요에 들 수 있는
그런 고요, 한 줄 얻어낼 수 있다면

도道로 가는 길 찾듯

오늘도 나는

풀냄새 풀풀 나는 경經 한 줄 얻으려 시린 발 옮긴다

—「나의 시」 전문

소양강 가는 길목에 있는 식당에서 허기처럼 밀려드는 "가늘고 길게 채 썰어 지져내는 감자전" 냄새는 시인에게 "정적에 든 선禪의 율律 같은 고요"를 선사한다. 이때 시인의 감각이 한껏 누리는 "선禪의 율律"이라는 비유는 그 자체로 자신의 시에 깃들일 "묵상의 고요"를 함축하고 있다. 시인은 "그런 고요, 한 줄 얻어낼 수 있다면" 하는 바람 속에서 서정시를 써간다. 마치 도(道)의 길을 찾듯이 시인은 오늘도 "경經 한 줄" 얻고자 언어를 매만지고 침묵을 품으면서 "나의 시"를 써가고 있을 것이다. 그 안에서 우리는 "침묵이 웅크린 소리의 파장"(「유리잔 속의 소리」)을 만나게 되고, "한 그루의 수묵화"(「유레카Eureka」)가 되어버린 '말의 씨앗'을 경이롭게 바라보게 될 것이다.

이처럼 송경애는 시인으로서의 남다른 자의식을 줄곧 고백해 간다. 곧 자신이 써가는 서정시에 대한 의미론적 탐색을 수행하면서, 서정시야말로 언어 자체에 대한 탐색에 공들이는 예술이라는 점을 강조해마지 않는다. 그리고 시인 자신은 언어적 자의식으로 충만한 사람이라는 고백을 이어가는 것이다. 언어 자체의 가능성과 심미적 극점을 탐색하면서, 언어의 도구적 기능을 넘어, 언어 자체에 대한 탐색에 최상의 수행성을 가하는 것이다. 이러한 시인으로서의 존재론이야말로 송경애 시인이 가진 서정시에 대한 오랜 믿음과 열망을 약여하게 보여주는 실존적 국면일 것이다. 사물을 매개로 하여 깨달은 근원적 이법(理法)을 노래하면서도, 원초적이고도 구체적인 서정시의 존재론적 차원을 함께 보여줌으로써 그는 자신만의 영역을 개척해가고 있다. 거기에 서정시라는 미학적 실체를 느끼면서 개진해가는 송경애 시인의 미학적 기율이 충실하게 녹아 있다 할 것이다.

5. 사물과 사람의 존재 형식을 통해 가닿는 삶의 비의

마지막으로 우리는 이번 시집에서 발견되는 송경애 시인의 인생론적 지혜를 만나볼 수 있을 것이다. 그의 시에는 자연 사물 속에서 삶의 이법을 발견하려는 의지도 묻어나지만, 사람들의 구체적인 모습에서도 신성한 가치를 발견하려는 의지가 약동하기 때문이다. 그 과정에서 시인은 종요로운 삶에 대한 따뜻한 기억을 펼쳐 보이기도 하고, 그들 스스로 감각의 주체가되게 함으로써 그동안 그가 긴박해두었던 삶의 무게로부터 서서히 벗어나고 있기도 하다. 하지만 그것 역시 새로운 가치에대한 윤리적 발견 의지를 생성하면서 시인에게 구체적 실감 속에서 치러내야 하는 간단치 않은 삶의 의미를 역설적으로 부여

하는 중요한 계기가 되어주기도 한다. 그의 시안(詩眼)이 여전히 삶의 중심부를 향하고 있다는 확연한 증좌일 것이다.

　　하늘 우물 닮은 옹달샘 하나
　　쪽빛 달개비꽃 숨어 핀 숲속에
　　부전나비 조그만 날갯짓 옹달샘 파문을 그리면
　　수줍은 옹달샘 작은 가슴 반쯤 열고 반짝인다

　　박새가 날개 씻고 물방울 박차고 날아가면
　　곤줄박이 낮게 낮게 날아와 물장구치면
　　물까치 목축이고 호로록 호로록 날아가면
　　개구리밥이 연두~연두~ 기지개 켜면
　　실잠자리 살짝 알을 슬고 가면
　　개구리밥 초록초록 이불 덮은 샘물가엔
　　황여새가 슬쩍 놓고 간 노간주나무 싹이
　　곤줄박이 울음소리로 뾰족뾰족 음계를 높인다

　　숲속 작은 옹달샘
　　우주를 품어 안은
　　네 가슴 깊은 곳에
　　한해살이풀로 살고 싶어라 살고 싶어라 목청 높이네

　　　　　　　　　　　　　　　　—「옹달샘 랩소디」전문

보통 '랩소디(rhapsody)'는 서사적이고 영웅적인 면모를 지니는 환상곡풍의 기악곡을 말하는데, 여기서는 그 주인공으로 '옹달샘'이라는 조그마하고 맑고 깨끗한 심상이 채택되었다. "하늘 우물 닮은 옹달샘"에는 달개비꽃 숨어 핀 숲속을 날던 부전나비 조그만 날갯짓이 파문을 그리고 있다. 그 파문에 가슴을 연 옹달샘은 순간 빛으로 반짝인다. 박새, 곤줄박이, 물까치, 개구리밥, 실잠자리, 황여새, 노간주나무 등 생태적 세목들이 즐비하게 옹달샘과 은은하게 상응(相應)하면서 이 랩소디는 한없이 이어져 나간다. 그렇게 "숲속 작은 옹달샘"은 우주를 힘껏 품으면서 스스로 확장되어간다. 송경애 시인은 가슴 깊은 곳에 한해살이풀로 살고 싶다고 노래함으로써, "저 깊은 곳을 열어 보이는 봄꽃들처럼"(「오른쪽 귀가 가렵다」) 생명 가득한 존재론을 자신의 삶에 끌어들이고자 한다. 그렇게 '옹달샘 랩소디'는 숲속 가득, 우주 가득, 마음 한가득 하염없이 울려 퍼져 나가고 있다.

노부부 길을 건너신다
차도를 가로지르시는 저 노인, 훠이훠이 모시 소매 눈부시다
당당하게 앞선 선비 같은 영감님 뒤를
자그마한 할머니가 바싹 뒤따르신다

달려오던 자동차들 녹색신호 앞에서 얼음이 된다
길 가던 사람들 모두 정지 화면이다

숨죽이고 유난히 뜨겁게 달아오른 햇살을 그대로 맞는다
누구 한 사람 경적을 울리지 않고
어느 누구도 고함을 치지 않은 숨 멎은 몇 분

그 광경 꽃보다 아름답다
침묵, 기다림의 동행
두 노인이 인도로 오르자 정지 화면이 다시 돌아간다
무더운 여름 한나절 춘천 중앙로의 소나기 같은 풍경
순간 정지 화면이 아지랑이처럼 피어오른다

—「소나기」 전문

　노부부가 차도를 가로질러 길을 건너시는 장면을 담은 이 시편은 그 자체로 인생론적 비의(秘義)를 전하는 데 성공하고 있다. 모시 소매 눈부시고 당당하게 앞서 걸어가시는 선비 같은 영감님 뒤로 자그마한 할머니가 뒤따르신다. 차도를 질주하던 자동차들은 그 신성하고도 꿋꿋한 풍경에 녹색신호 앞에서도 얼어버린다. 길 가던 사람들도 모두 제자리에 숨죽이고 서 있을 뿐이다. 뜨거운 햇살 아래 누구 한 사람 경적을 울리지 않고 고함치지 않는 이 신성하기 짝이 없는 "숨 멎은 몇 분"이야말로 우리가 경험할 수 있는 가장 거룩하고 근원적인 시간일 것이다. 꽃보다 아름다운 "침묵, 기다림의 동행"은 그렇게 뜨거운 여름을 식히는 "춘천 중앙로의 소나기 같은 풍경"이었던 셈이다. 다른 작품에서 시인은 "노란 산국 지천으로 피어나는 가을이면/할머니 꽃상여가 흔들리던/좁은 신작로,//그 신작로가 그립다"(「가을 꽃상여」)라고 노래했는데, 그 신작로를 밀어버렸을 자동차 도로에서 그리움의 잔상(殘像)을 발견했던 것이다. 그의 시가 "소나기 같은 풍경"일 수밖에 없는 까닭이 여기에 있을 것이다.

이처럼 송경애 시인은 우리가 일상 속에서 무심하게 지나치는 사물이나 사람들의 존재 형식을 통해 삶의 본질을 통찰하고 표현하는 시인으로서의 직능을 아름답게 보여준다. 시인이 수행하는 그러한 통찰과 표현은, 자신의 정서를 직접 드러내는 방식을 가급적 지양하면서, 뭇 사물이나 사람의 고유한 속성과 본질을 유추적으로 결합하는 작법을 지향하고 있다. 그래서 시인이 포착한 사물이나 사람의 구체성은 우리 삶의 속성으로 치환되어 나아가게 되고, 존재의 심층에 가라앉아 있는 생명의 원리에 대해서도 사유할 수 있게 해주는 원형으로 몸을 현저하게 바꾸어간다. 이처럼 사물과 사람의 존재 형식을 통해 삶의 비의에 가닿는 도정은 송경애 시인의 고유한 존재론적 표지(標識)라 할 것이다.

6. 고전적 서정시의 존재론

지금 우리 시대는 모든 근대적 징후들이 절정이자 황혼을 맞고 있는 이행기적 속성을 띠고 있다. 그만큼 이제는 근대가 몰고 온 긍정 혹은 부정의 양상이 전면적 모습을 띠고 있는 것이다. 그 가운데 근대의 폐해에 대한 반성 담론이 수없이 제출되었는데, 그 안에는 생명에 대한 사랑과 배려에 대한 깊은 요구가 가장 중심부에 가로놓여 있다. 그러한 사유에 기반을 둔 창작과 향유가 절실히 요구되어온 까닭도 이러한 인식론적 깨달음에 기반을 둔 것임은 우리가 잘 알고 있는 바이다. 송경애 시인은 이러한 과제에 충실하게 접근하면서 일관되게 생명의 원리에 대한 사유를 수행해간다. 그럼으로써 무생물이나 비생명의 존재에까지 이러한 생명 원리를 투사(投射)하고, 생명성의 상상적 확산을 꾀하고 있다는 점에서 매우 이채로운 음역(音域)을 우리에게 전하고 있다 할 것이다. 이러한 노력과 결실이 이번에 우리 시단의 범례(範例)로 소중하게 남지 않을까 소망해본다.

　　최근 우리 시단에는 문법적으로나 감각적으로나 서투르기만 한 난해성과 불투명성의 시편들이 범람하고 있다. 일그러진 형상으로 무장한 조악한 어법이 빈출하는 시대에, 언어예술로서의 단정함과 고전적 시심(詩心)을 담은 송경애의 시는 가독성을 한층 높이면서 독자들에게 친화적으로 다가갈 것이다. 오래도록 의미의 투명성과 정서적 울림을 동시에 주는 서정시를 써온 시인에게 큰 경의를 드린다. 소통 가능성과 미학적 완결성을 동시에 꾀하면서 동시대의 담론적 감각까지 결합하고 있는 이번 시집 앞에 깊은 축하를 또한 드리고자 한다. 이 모든 것이, 자신만의 기억과 그리움을 통해 고전적 서정시의 존재론을 증명해준 송경애 시인의 이번 시집을 반갑게 읽으면서, 한편으로 다음 시집도 마음 깊이 기대해 마지 않는 근본 까닭일 것이다.

시와소금 시인선 134

바람의 암호

ⓒ송경애, 2021. printed in Seoul, Korea

초판 1쇄 인쇄 2021년 11월 20일
초판 1쇄 발행 2021년 11월 25일

지은이 송경애
펴낸이 임세한
디자인 유재미 정지은
펴낸곳 시와소금
등록번호 제424호
등록일자 2014년 01월 28일
발행 강원도 춘천시 충혼길20번길 4, 1층 (우-24436)
편집 서울특별시 중구 퇴계로50길 43-7 (우-04618)
전화 (033)251-1195, 010-5211-1195
이메일 sisogum@hanmail.net
다음카페 hppt://cafe.daum.net/poemundertree

ISBN 979-11-6325-039-5 03810
값 10,000원

· 이 시집은 강원도 강원문화재단 후원으로 발간하였습니다.